Simon van der Geest, geboren 1978, schreibt Bücher, Theaterstücke und Gedichte und ist einer der bedeutendsten niederländischen Kinderbuchautoren. Sein Buch *Krasshüpfer* wurde für den Deutschen Jugendliteraturpreis 2017 nominiert. Für *Dysseus* erhielt van der Geest in seinem Heimatland den Goldenen Griffel, den wichtigsten Preis für Kinder- und Jugendliteratur in den Niederlanden.

www.simonvandergeest.nl

Jan Jutte, geboren 1953, studierte an der Akademie der Künste im niederländischen Arnheim. Es folgten eine Lehrerausbildung und eine Dozententätigkeit für Illustration und Kunstgeschichte. Heute arbeitet Jan Jutte als freier Illustrator. Für seine Arbeiten wurde er vielfach ausgezeichnet.

Außerdem von Simon van der Geest erschienen:
Krasshüpfer
Das geheime Logbuch, das magnetische Mädchen und eine fast brillante Erfindung

Mehr über unsere Bücher, Autoren und Illustratoren auf:
www.thienemann-esslinger.de

Simon van der Geest

DYSSEUS

Mit Bildern von Jan Jutte

Aus dem Niederländischen von
Rolf Erdorf

Thienemann

Für

Joost, Job, Joep, Ties, Paco und Frits

und für meine Schwester

PROLOG

KRIEG

Sie wollten noch ins Schwimmbad
und ich durfte mit
wenn ich nur das Heulen ließe:
Ganz sicher kamen auch die großen Jungs

Wir rannten erst zum Tiefen und hechteten zu zehnt hinein
(statt kopfüber hüpfte ich bloß so)

Wir raus mit Schwung zum nächsten Sprung
als Michael sie sah und zischte: »Da!«
Die Jungs mit den Goldkettchen
und ein paar
mit Achselhaar

Sie grinsten breit und zeigten auf mich
flüsterten etwas zu laut unter sich:
»So ein Niemand, so ein Knilch.«
Gerade so, dass ich sie auch gut hörte

Kurz darauf war wieder Krieg
Rempeln, rutschen, Arschbomben, schubsen,
untertauchen, prusten, hauen, blaue Flecken,
Angriff aus dem Hinterhalt, unsere gelbe Matte gekrallt
die Bademeister guckten bloß und blieben stumm
Job die Nase blutig
Brams Knie wund und offen
und ich, ich wäre fast ersoffen

Wir versprachen uns, zusammenzubleiben
immer einer auf dem Ausguck
okay, nickte ich
aber kurz darauf
saß ich doch auf dem Klo
Tür zu
dabei musste ich kein bisschen
Ich saß nur da
hörte sie rufen:
»Düssi, sagt mal, wo steckt Düssi?«
Hände auf die Ohren
Mir brannten die Augen vom Chlor
Rotz lief mir aus der Nase
und ich wollte
nichts als
einfach nur
einfach
nur heim

AUF DEM KLO

Saß ich da
hingekauert
um die Knöchel klebrig nass die Badehose
zittrig auf der kalten Brille
und dachte: was
wäre jetzt echt
echt mein Wunsch und Wille

Dass ich der Held hier wäre,
der Held der Geschichte, und wir uns fett verirrten,
ganz weit und frei
und voll Gefahr, einige stürzten unterwegs und alle weinten
außer ich,
10 und ich, ich sage dann:
»Na los, kommt.
Folgt mir und seid mit dabei.«

TEIL 1

SCHWER VERIRRT

STURM

Wir hockten im Bus nach Hause
da fing es an

Erst leise,
fast noch nichts
nur das Treiben vor den Scheiben
Blätter, Plastiktüten tanzten
dann schon bald brachen Äste, Bäume bogen,
Scheunendächer duckten sich
Bleischwer der Himmel, dann schwarze Nacht
Blitz und Donner, dass es kracht

Und den Bus, ich schwöre es,
hob es hoch und blies ihn fort
er schlingert, schleudert, saust herum
die Welt, sie taumelt und torkelt und
»Halt!«, riefen wir, »Halt!«
Kloppten hastig auf Stopptasten
bis wir nicht mehr konnten

Endlich
stand der Bus
Der Wind
hatte sich gelegt

Wir ganz seekrank, gleich nach draußen
sahen erst da
dass alles anders war

Ein Pschscht, ein Gebrumm,
wir drehten uns um
der Bus einfach weitergefahren

Standen wir da
wussten nicht, was war
So weit man sah
alles leer
und kahl

Standen wir da
wussten nicht, was wird
außer: Wir haben
uns schwer verirrt

KNILCH

Wir staunten ungemein
da war nichts, das wir kannten
kein Haus, kein Baum, kein Stein

Es blieb still
selbst Michael schwieg
Ich räusperte mich
und sagte: »Okay, wir haben uns schwer verirrt,
ich meine, wir gehen hier entlang
und fragen dann mal nach dem Weg,
und ich, ich geh' voran.«

Michael lachte: »Gmpff!

Das sagst gerade du!«
Alle guckten von ihm zu mir
eine Stille zum Zerreißen
Jeffrey ließ einen fahren
bloß lachte diesmal keiner

Michael dann: »Der Knilch? Der Niemand? Warum er?«
Und ich: »Jungs, jetzt macht schon.
Kommt einfach mit mir mit.«

UND DANN BEGANN DER WEG NACH HAUSE

Gemeinsam ging es
Schritt für Schritt
ich vorneweg, rief: »Los, kommt mit!«
mir war nicht klar
wie weit es war

EINAUGE

Unterwegs stießen wir auf eine Scheune
Das Tor stand auf, sperrangelweit
Heuballen lagen verstreut
wir rein, uns gefreut
und abgehangen
bis Geräusche zu uns drangen
Flugs duckten wir uns ins Heu

Ein Schaf
und noch eins, und noch eins, und dann erscheint
im offenen Tor der Scheuer
der Bauer:
vier Meter groß. Ein Ungeheuer
mit einem Auge
mitten im Kopf

Von uns kein Rascheln
und keine Regung
wir alle waren wie betäubt
Er stand nur da und äugte stumm
Dann krachte drei Ballen weiter ein Furz;
Jeffrey
Das Auge sah ihn, griff ihn kurz
und fraß ihn auf, ich schwöre es,
verschlang ihn glatt mit Haut und Haar
Schob dann schnell das Tor ins Schloss
drehte sich um
und wartete

Von uns kein Weinen
nicht ein Schluchz
keiner gab einen Mucks

Und während er sich die Finger leckte
knurrte er was von selber schuld
und fragte uns, wer wir denn wären
Eine Antwort bekam er nicht zu hören
wir hielten uns mäuschenstill unterm Heu
»Was, so scheu? Erst einbrechen hier bei mir
und dann zum Reden zu feig.
Gibt es denn keinen
mit ein klein wenig Schneid im Leib?«

Michael kniff mich in den Arm und zischte: »Was ist mit dir?
Du wusstest doch so gut Bescheid?«
Ich: »Krieg die Krätze«, er darauf: »Aha, du traust dich
nicht.«
Ich schnaubte und dachte: jetzt oder nie
und streckte den Kopf aus dem Heu

»Ha!«, rief der Bauer. »Du! Wie heißt du?«
Er starrte und starrte mit seinem Auge
fast als ob er durch mich hindurchsah
mit bebender Stimme sagte ich:
»Sie nennen mich Niemand.«

Er guckte und guckte, tat sonst aber nichts
Er sagte nur: »Niemand, ja?«
Du traust dich immerhin.
Niemand fresse ich als Letzten.«
Ich schluckte

NIEMAND HAT SCHULD

Hockten wir da
zwischen Heuballen und neun Schafen
niemals ließ er uns aus dem Auge
auch das Tor blieb schön zu

Doch kurz darauf,
er döste, ans Scheunentor gelehnt, vor sich hin
habe ich einen Dartpfeil, gut gelenkt,
in sein eines Auge versenkt
Er brüllte sämtliche Nachbarn herbei
und schon bald hallte Geballer
von außen aufs Scheunentor: »Alter, was liegt an?«
»Niemand! Niemand hat Schuld daran!
Niemand hat mich geblendet!«
»Na hör mal!«, riefen sie. »Hat niemand dir etwas getan,
dann bring uns deswegen nicht so auf Trab!«
und schimpfend zogen sie wieder ab

Der Bauer krümmte sich und knurrte
die Hände vorm Gesicht
doch das Tor öffnete er nicht

Hockten wir da
zwischen Heuballen und neun Schafen
den Abend, die Nacht, weit weg von zu Haus
Manchmal fluchte der Bauer und
schlug dabei um sich
Uns ließ er nicht hinaus

Selbst als er die Schafe ins Freie ließ:
Einen Spalt nur stieß er das Tor auf
befühlte die Felle mit seinen Pranken,
zu groß, um an ihnen vorbeizuschlüpfen
Uns blieb nichts als zu warten

Hockten wir wieder
zwischen Heuballen und lauter Schafsmist
in der Scheunenfinsternis

Aber am nächsten Morgen hatte ich einen Plan:
– Hängt euch unter ein Schaf
– Haltet euch an der Wolle fest
– Umklammert den Bauch mit den Knien
– Haltet den Atem an
– Haltet durch

Und als er die Schafe ins Freie ließ
fühlte er seine neun Schafe
sonst nichts

JEFFREY

Als wir endlich draußen waren
der Bauer weit, weit weg
da jubelten und hüpften wir,
Juri spuckte Loopings und alle tanzten wild
Außer Henk
Der stand gebeugt
rote Augen, Brille nass
Jeffrey war sein Bruder

Ich legte meinen Arm um ihn
doch mein Mund blieb stumm
Ich dachte: Ich lass einen Furz
Henk lächelte noch nicht mal kurz

Tja, dann weiß ich es auch nicht, leider
Ich sagte: »He, wir müssen weiter,
kommst du mit oder kommst du mit?«

DER BAUM

Der Himmel zog sich zu
aber da stand ein Baum
breit und mit dickem Blätterdach
ein guter Unterschlupf

Wir lauschten
dem Klopfen, den spritzenden Tropfen
– tock –
mir fiel was auf den Kopf:
ein Kern

Hoch über uns
hoch in den Ästen
saßen mehrere Männer
Sie trugen Hosen aus Blättern
und Blüten um den Hals
Sie winkten

»Vielleicht wissen die ja die Richtung«, sagte ich
und die besten Kletterer – Renzo und Bas –
kraxelten hinauf
Es war ein guter Kletterbaum:
die unteren Äste nicht zu hoch
stellenweise platt
und ohne Moos, drum nicht so glatt

Es dauerte, sie blieben fort, ich rief:
»Und? Welche Richtung?«
Sie: »Nach oben! Hierher! Hier!«

Ich seufzte, kletterte ihnen nach
Die Männer lachten
und steckten mir rosa Früchte zu.
»Nein danke.«
Schnallten sie nicht

Einen Ast höher
schmatzten Renzo und Bas und glotzten glasig
Saft rann ihnen über das Kinn, ich sagte:
»Wo bleibt ihr denn,
kommt endlich mit nach Hause.«
»Mit nach Hause?«, schlürften sie,
»sind wir das denn nich'?
Und wer ... wer bist du eigentlich?«

Ich hatte mir so was gedacht und zog jeden am Bein
»Mitkommen«, sagte ich
»Mit, aber wohin?«
Ich zerrte und schubste,
war ein ziemliches Ding:
sie krallten sich fest an Knorren und Ästen

Ein Tritt auf die Finger
damit sie sich lösten

Am Boden dann band ich sie fest
bis sie zu sich kamen, regendurchnässt
Die anderen schauten mich schweigend an
ich sagte: »Ach, das ist bald vergessen.
Sie haben irgendwas Falsches gegessen.«

WEITER

Wir trotteten weiter
Schritt für Schritt
ich vorneweg, rief: »Los, kommt mit!«
um uns her weit und breit
nur Wiesen, kilometerweit

KIRKE

»Leute, halt mal,
ich muss kacken« – Michael
Durch die Felder gingen wir
Ein Stück weiter ein Gehöft
Da könnten wir mal fragen
Da trotteten wir hin
Und heiß war's, wir müde und vielleicht
mussten ja alle auch mal

Die Haustür dunkelgrün
Ich ging nicht gleich hin, blieb lieber draußen
oder hoch im Baum
Michael klingelte
»Äh hallo. Wir sind auf Reisen und ich hätte
Sie gerne gefragt, ob wir Ihre Toilette ...«
Durch die Blätter sah ich ein Mädchen
honigrot ihr Haar
um ihre Füße strichen Katzen
sie lächelte lieb:
»Ja, klar.«

Aus dem Haus drang Singen und Bellen, Miauen und Lachen
Und dann erst mal nichts
Und dann ein Grunzen.
Die Tür ging auf und
acht Schweine in T-Shirts kamen nach draußen gelaufen
Eins mit Michaels Mütze auf

Ich aus dem Baum
Ich gleich geklingelt
»Hi.«
Von Nahem roch sie wie nach frisch gemähtem Gras
wie Sarah, die in meiner Klasse saß, nur anders
»Ich bin Kirke«, sagte sie und schaute mich so an
Ich hielt den Kopf gesenkt und sagte: »Dysseus. Kann
ich mal auf Ihre Toilette.«

Drinnen waren Hunde und Katzen und ein Leguan auch
und ein Affe
und sie lachte und tanzte und gab mir Cola,
flüchtig die Hand berührt, darauf ich:
»Cola mag ich nich'.«
Das Gackern und Bellen verstummte und alles schwieg

»Wer wird denn keine Cola mögen?«
»Ich.«
Sie starrte mich mit großen Augen an
Großen, grasgrünen Augen. Sie gab mir einfach einen Kuss
Ich wurde rot
Und zwar vor Wut. »Meine Freunde.
Verwandle sie wieder zurück!«
»Klar doch, klar«, und noch ein Kuss

Sie schmeckte nach Kirschen und zwei Arme umschlangen
mich
Ich war nicht ganz so groß
»Die Schweine ...«, sträubte ich mich. Doch tja

Erst als sie grunzend in die Küche kamen, ließ ich von ihr los
»Jetzt meine Freunde!«
Sie grinste, doch ich schaute ernst zurück

Dann goss sie einen Trog mit Limo voll
Michael und die anderen schlabberten sie auf
und Plopp!
Schmutzig an Händen und Füßen, doch sonst noch ganz
(Nur Henk hat hinten noch den Ringelschwanz)

Ich sagte »Tschüs. Tschüs, Kirke«,
und strich ihr halt so übers Haar
Die Jungs guckten sonderbar
und schnaubten

AUF DER SCHWELLE

»Komm schon«, drängten sie hinter mir
Meine Füße klebten noch auf der Schwelle
meine Augen klebten noch auf Kirke,
und ihrem honigroten Haar

»Musst du echt fort?«, sagten ihre Lippen
»Hmja. Ist noch weit.
Dorthin, an dem Zaun vorbei.«
Ihre Augen wurden noch größer und grüner:
»Am Zaun vorbei, das wär ja verrückt!«
Sie bibberte etwas von Skylla und Charybdis,
Ersaufen und Gefressenwerden
Meine Augen ruhten auf ihrem Mund

bis Michael mich am Ärmel zerrte
»Ja doch«, fuhr ich ihn an und schubste zurück

Ich wandte mich ihr wieder zu
»Was bitte sagtest du?«
»Beide ganz schrecklich«, meinte sie
Ich dachte an Freunde und Mädchen,
an Lippen und Pflichten, und nickte

Ich riss meine Füße los
meine Augen los
sah mich nicht um

ZWISCHEN SKYLLA UND CHARYBDIS

»BETRETEN VERBOTEN, LEBENSGEFAHR!«
brüllte ein Schild auf dem Zaun
Mit Räuberleitern kletterten wir drüber
und kamen in so einen Bauschacht
liefen vorbei an Maschinen, die schliefen, doch da:

Rechts:
Eine Grube, ein sich drehender Schlund
er schlürfte Schlamm und Sand
über den Rand, ein Riesenmund

Links:
Eine große, gelbe Maschine, ein Kran mit Kabine
auf der Seite, in Schwarz
»SKYLLA 2000«

»Dysseus, wo soll'n wir vorbei?«, fragten sie mich
Ich dachte: warum immer ich
ich wusste: beides fürchterlich,
aber aus meinem Mund drang:
»Dachte, an dem Kran entlang.«

Und natürlich drehte und ratterte er plötzlich los und Dampf aus allen Löchern,
wir rannten zwar, logisch, aber das Ding war schnell:
Sechs Arme mit Greifern krallten nach uns
Und wieder hat es einen von uns erwischt
dieses Mal Juri
Juri

Weit weg dann zu Atem kommen, umschauen,
Spucke wegschlucken
Alle starrten dösig auf mich
»Was!«, schnauzte ich, »wie soll ich das wissen?«
Hinter uns noch ein leises Brummen und Gurgeln
Erst dachte ich noch, ich höre Juri röcheln
Unsinn
Kchchch

JURI

Wir trotteten weiter
Schritt für Schritt
ich vorneweg, rief: »Los, kommt mit!«
sah mein Bild in einer Pfütze
spuckte – kchchchcht – gleich darauf
da löste ich mich auf

WINDMANN

Als wir es richtig leid waren
– verlassener Deich,
kein Haus, nichts, niemand,
nur manchmal eine Ziege
die dösig wiederkäute –
da sahen wir eine Mühle

Die Tür ging auf und ein Duft
nach Bäcker, bloß viel besser
wehte uns entgegen
Der Müller (ein lachendes Gesicht
und rosig runde Wangen)
holte gerade
die Kekse aus dem Ofen
Windmann hieß er und sagte:
»Na, ihr seht ja aus!
Wohl fern der Heimat, was?
Haha, haha!«
Unsere Haare flatterten im Wind
aber wir blieben unbewegt
»Das stimmt«, sagten wir.
»Ach«, entschuldigt er sich
und kratzt sich am Kopf. »Tja,
der Bus ist längst auf und davon
doch ich leihe euch meinen Ballon.«

Er erklärte uns die Sandsäcke
wie man den Gasbrenner bedient,
und steigt und landet
und natürlich das mit dem Wind

Mich nahm er beiseite,
drückte mir einen prallen, weißen Sack in die Hand und sagte:

»Hier habe ich die Winde eingefangen,
sodass ihr damit keinen Ärger habt,
alle bis auf den einen, der jetzt da draußen weht:
den Wind, der euch nach Hause pusten soll
drum Knoten drauf, lasst zu den Sack.
Merk dir das, ja? Ich sag es nur einmal!«
Er schaute plötzlich wirklich streng
drum grinste ich:
»Gut, klarer Fall.«

Jeder bekam noch einen Keks
für unterwegs
Händeschütteln
und schönen Dank auch, dankeschön
Heim mit dem Wind
geht blitzgeschwind

DER BALLON

Der Gasbrenner brüllte
der Ballon füllte sich
und hob uns hoch, fast fürsorglich

Windmann und seine Mühle
winkten mit Armen und Flügeln
sie schrumpften und schrumpften
auf Playmobil-Größe

Der Wind erfasste uns,
zog uns mit
und die Welt war wie Spielzeug
nur unerreichbar
Mini-Äcker, Mini-Kühe
Mini-Gräben, Mini-Seen –

Zog mich Michael am Ärmel
– »Was ist da drin, hast du noch Kekse?«
– »Sieht das aus wie 'ne Kekstüte?«
– »Nein.«
– »Na also.«
– »Was ist es dann?«
– »Nichts, Mann. Schau dir lieber die Gegend an.«

Das Land glitt langsam dahin
erste Dinge, die ich kannte
ich sprang auf, und dort
der Surfteich
und die Fußballplätze
unser Schulhof mit den Fahrradständern
und seht nur, da! Mein Haus!

Plötzlich ein Windstoß
– peitsch –
und von überallher
wilde schwarze Wolken
»Wir müssen landen, jetzt sofort!«
ein zweiter Windstoß haute mich
um, ich hielt mich fest, schaute über den Korb:
alles glitt wieder zurück
Seen, Gräben, Kühe, Äcker
da
kam sogar
die Mühle
an

Ich zitterte und rief »Wie kann das sein?«
Da saßen sie belämmert
um den weißen Sack
der lag da, schlaff und platt
»Michael meinte, du hättest noch Kekse satt.«

Wieder Windmann

Windmanns Gesicht war kalt
die runden Wangen hingen herab
»Nanu.
Nicht geglaubt
euch wiederzusehen …«
Sein Blick war taub
und leer

Die Jungs stießen mich an
ich stolperte nach vorn
»Tja, etwas ging schief,
der Sack war nicht ganz zu.
Könnten sie
die Winde
nicht noch einmal fangen?«

Wir lächelten allerliebst
und hielten den Atem
an
Windmann verzog keine Miene
nichts regte sich
alles wurde windstill

Rot wurde er
und röter
immer röter
dann wurde er zum Orkan

Wir griffen um uns, wurden
weggeblasen
oder rollten durchs Gras
Michael stieg auf wie ein Drache
da fasste ich ihn an der Jacke
Ich hielt ihn echt gut fest
doch er flog aus der Jacke raus,
– wusch – sein Schreckgesicht

Immer kleiner wurde er, kleiner
Ein Fleck
ein Punkt,
ein Nichts

MICHAEL

Wir trotteten weiter
Schritt für Schritt
ich vorneweg, rief:
»Los, kommt mit!«
die Jacke, leer
wog dennoch schwer

GEGENWIND

Wir mühten uns durch dicke Luft
Gegenwind natürlich
Potz Blitz noch mal

Der Wind zerrte wild
Haare flogen
Ohren flatterten
Wangen flappten
wie bei zu früh geborenen Welpen
bald jaulten wir vor Lachen

Wir lehnten uns um die Wette in den Wind:
mit den Händen hinterm Kopf
die Augen zu
oder auf einem Bein
mit jemandem Huckepack

dann, wer am längsten fliegen konnte
mit flatternder Jacke
und eine Wette: Furzen mit Gegenwind
und ein anderer stellte sich zehn Meter weiter hin und musste
dann riechen
wie schnell der Furz bei ihm war

Lagen wir hinterher alle
lachend am Wegesrand
schachmatt und völlig,
völlig platt

»He, Jungs, wer hat eigentlich gewonnen?«
Riefen wir gegen den Sturm an:
»Wind-mann! Wind-mann!«

WEITER

Weiter ging es
Schritt für Schritt
ich vorneweg, rief: »Los, kommt mit!«
Sommer wie Winter, wir schleppten uns fort
vergaßen dabei
selbst Jahr und Ort

FAHRRÄDER

Und dann die Fahrräder, ja
Standen auf einmal einfach so da
nicht abgeschlossen und völlig heile
also borgten wir uns die Teile

KIRKES RAUNEN

Als wir auf den Deich fuhren
(Klingedeich, stand auf dem Schild)
rauschte mir ein Raunen ins Ohr
Kirkes Raunen

Sie sprach von Sirenen
Sirenen mit Stimmen beglückender
als der Mond, als dein eigenes Bett
als das letzte passende Puzzlestück

Dass ich aufpassen sollte
dass sie Reifen platt stechen
und wer weiß was sonst noch

»Stopf dir die Ohren zu!
Stopf dir die Ohren zu!«
zischte Kirkes Stimme
und weg war sie

Ich schaute mich um
doch wir waren allein
Der Wind wehte leise
und Grillen zirpten

SIRENEN

Doch der Klingedeich war der einzige Weg
drum sagte ich:

»Jungs, hört zu. Sirenen
die singen schön und locken euch,
da rollt ihr leicht vom Deich,
zisch, ein Plattfuß, dann knallt's
ihr stürzt und brecht euch den Hals.«

Für sie hieß das: Kaugummi in die Ohren
Nur ich schlug unverfroren
Kirkes Warnung in den Wind
Wie einen die Stimmen betören

das wollte ich doch mal hören

Ich sprang bei Job hintendrauf
und band meine Beine
am Gepäckträger fest
Job schaute mich fragend an
Ich sagte: »Egal was ich tue,
du radelst einfach weiter, ja?«
Er, schulterzuckend: »Geht klar.«

Und auf dem Deich
traten wir in die Pedale und
alle schauten stur nach vorn
und dann

Ein Kitzeln in den Ohren
Ich kam mir vor wie nackt
in einem Bad voller Vögel, warmer Vögel
ich konnte nicht denken, nicht atmen
ich sah sie da
am Fuß des Deichs:
weder Kleid noch Mieder
nur Leiber voll Vogelgefieder
zerrende Liebesaugen, ich verwirrt,
schon waren wir vorbeigeschwirrt!

Ich drosch ein auf Job,
rief: »Umdrehen, stopp!
Das Gefieder, wir müssen ...«
Ich wollte sie küssen
wollte wieder zurück

Aber Job sauste weiter
meine Fäuste, zum Glück
scherten ihn kein Stück

WACH

Wir lagen im Gras
Räder kreuz und quer
atmeten schwer

Mein Kopf wie Blei
Ohrensausen
alles tat weh
und die Sonne stach gemein in die Augen

Dann fiel es mir wieder ein
auf Job eingedroschen
dieses Gefieder
die singenden Lippen

Job kam hoch
sagte, ganz rot noch:
»Nie wieder darfst du bei mir hintendrauf!«
rieb sich den Rücken
und half mir dann auf

Er starrte mich an
Ob es denn schön geklungen hat
Ich mit gesenktem Blick
nickte bloß anstatt
einer Antwort

»Puh«, seufzte Job
trat grübelnd gegen sein Rad

WEITER

Weiter ging's im
Strampeltritt
Ich vorneweg, rief: »Los, kommt mit!«
aber dann, echt krass
fuhren wir auf nichts
Das Land ein Rand
der Weg war weg
nichts als Wasser, alles nass

IN GUMMIBOOTEN

Wir hatten zwei Boote gefunden
und trieben mitten auf dem See
Nirgendwo winkte ein Ufer
und wohin, wusste niemand mehr
Doch Bram meinte: »Einfach der Sonne nach
und man kommt immer irgendwo raus«,
aber ich dachte: Bram, was weiß der schon,
bestimmt dreht die Sonne bloß Runden
und die Flips waren auch schon alle

Und am Ende zuletzt eine Insel:
schwarze Bäume, so hohe,
ich blieb aber skeptisch und sagte:
»Geht ihr nur, ich bewache die Boote.«

Die Zeit verstrich
Himmel erst rosa,
dann rot
Mücken
schlug ich tot

Sie kamen wieder, kamen gerannt, mit fuchtelnden Armen
Verfolgt von stampfenden Riesenkerlen in jagdgrüner Regenkluft
Mords-Angeln hatten die und schwere Kühlboxen
grimmig gefletschte Zähne, kein Zweifel: die sahen rot

Die Jungs schnell in die Boote, abstoßen, rudern,
rudern mit Riemen und Händen
überall weißer Schaum,

da plötzlich höre ich hinter mir, im anderen Boot, ich höre,
es macht
Schwirrr
und Pfffffft
Hat so ein Haken das andere Boot getroffen

Das Ding gleich platt
– plumps –
alle kommen wie die Entchen zu uns geschwommen
jeder so schnell er nur kann
Bram vorneweg, Frits hintendran

Wieder warf so ein Regenkluftmann die Angel aus:
Schwirrrrrrr!
Ein Haken bohrt sich Frits durch die Lippe
mitgezerrt
gleich am Kragen gepackt
wie nix am Kragen hochgezogen
verschluckt wie ein Hering
mit Haut und Gräten

Wir noch gerudert
Bram war schon an Bord geklettert
der Rest hing keuchend am Rand

Frits war noch nie schnell im Wasser
War ja auch krank gewesen
damals beim Rettungsschwimmen
mit Kleidern an

FRITS

Das Boot war zu voll
und trotzdem zu leer

(Mit Frits im Boot
saß man eng wie nur was
Manchmal nannten wir ihn Dicker
aber nur zum Spaß)

Das Boot war zu voll
und trotzdem zu leer

WEITER

Wir dümpelten weiter
plitsch patsch
Ich saß vorn und schwieg voll Zorn
Alle hatten nasse Hosen
denn Wasser schwappte über den Rand
Erst Tage später sahen wir Land

NACHTS

Nachts
als wir alle nebeneinanderlagen
»Schlaft gut.«
»Ihr auch.«
»Wer macht die Taschenlampe aus?«
»Du liegst am nächsten dran.«
»Nein, du, Mann!«
»Mach jetzt keinen Radau.«
»Ich schlafe schon. Au!«
lauschte ich, wie wir einschliefen
der Atem immer träger
und säger
ein Brummen
wie das Kühltruhensummen
zu Hause in der Küche

ZU HAUSE

Plötzlich war ich zu Hause

Der Gartenzaun und mein Baumhaus-Baum
zwölf Steinplatten lang der Gehweg
das Türöffnerseil aus der Briefschlitzklappe
meine Schwester, die mir entgegenflog
Mama händeringend: »Nein, diese schmutzigen Schuhe!«
Papa, der ständig seine Brille putzte
Alles, alles haute hin

Bis Kirke durch die Straße galoppiert kam
auf einem Pferd aus Holz
Sie stieg ab,
tätschelte ihm die Flanke – tock, tock –
und seufzte: »Tut mir leid, Düssi,
aber du träumst.«
»Unsinn!«, rief ich und schubste
gegen den hölzernen Hintern: »Weg mit dir, weg!«

Doch als ich mich umdrehte
waren Eltern und Schwester verschwunden
und wo zuvor unser Haus stand,
lag nur noch leeres Land

»Du kannst noch nicht heim«, sagte Kirke,
»Erst musst du noch zur Oma«,
und während sie auf ihr Pferd stieg, sang sie
von einem Bunker und einem Feuer

Sie schnalzte mit der Zunge
und ritt klappernd zur Straße hinaus
Ich wollte noch etwas rufen,
hatte aber vergessen, was

Erst beim Aufwachen war mir schlagartig klar,
dass Oma schon vor Jahren
gestorben war

OMA

Das letzte Mal
lag sie leer und blass
eine Perlenschnur in den Händen,
so stumm und so Schlaf,
dass sie sogar
das Atmen vergaß

Mein Vater traute sich, ihr einen Kuss zu geben
ich bloß ein gemaltes Bild
von ihr kein Wort,
nicht mal ein kleines Nicken

Na ja,
war auch ein dummes Bild
Oma fuhr brumm-brumm
unter der Erde herum

in einem blauen Sportflitzer

IM BUNKER

Wir fanden den Bunker
Mund aus Beton, man musste sich schon
sehr tief bücken

Die Taschenlampen mit
Treppab
Schritt für Schritt
Flattert 'ne Fledermaus vorbei an meinem Ohr
Huscht mir was zwischen den Füßen hervor

Und ganz im Inneren des Bunkers
war das Schwarz so schwarz
dass es klebte auf der Haut,

wir also Feuer gemacht

Geflüster
Geraschel
Und aus allen Ritzen
krochen Schatten
Schatten zum Feuer
Einer trug eine Brille
»Tag, Oma.«
»Tag, Düssi. Komm mal zu mir auf den Schoß.«
– leises Gekicher, ich wurde rot –
»Oma, dafür bin ich zu groß.
Und außerdem bist du tot.«
»Ach ja«, sagt Oma, »sie fliegt, die Zeit.«

»Sag Oma, kannst du sehen,
ist zu Hause alles okay?
Ich meine,
mit meiner Schwester, den Eltern.«

»Ach, Jungchen«, sagt Oma im Feuer stochernd,
»sie erkennen dich nicht mehr
dein Verschwinden ist so lange her
sie denken: der ist tot.
Sie haben sich einen Hund angeschafft.«
»Einen Hund?«
»Dysseus heißt er, so wie du.«
»Ja, ja«, sagte ich und nickte nur
Meine Oma war öfter mal
bisschen neben der Spur

FEUER

Oma glitt lautlos in die Wand hinein
und dann sah ich unsere verlorenen Jungs aus den Ritzen
kriechen
sich scharen um den Feuerschein

Jeffrey – verschlungen von dem einäugigen Bauern
Juri – von dem Greifer gefasst
Michael – hoch in die Luft geblasen
und Frits, der zu lahm geschwommen war

Sie waren nicht sauer, nicht traurig
Sie starrten dösig in die Flammen
hielten Stöcke ins Feuer
mit Marshmellows

vollkommen verkohlt

Wir winkten. »He, Jungs,
die sind ja schon ganz schwarz!«
aber sie hörten uns nicht
taten, als wären wir Luft

WEITER

Wir schlichen weiter
Schritt für Schritt
ich vorneweg, rief: »Los, kommt mit!«
raus aus dem Bunker, rein ins Licht
und was war das?
Der Duft von frisch gemähtem Gras

SONNENMANNS KÜHE

Das Land gehörte Bauer Sonnenmann
er ließ uns durch, doch nicht ohne zu sagen:
»Rührt ihr meine Kühe an,
geht's euch an den Kragen.«

Wir nickten brav und ich ließ alle schwören
die Kühe in Ruhe zu lassen:
zwei Finger an den Mund
»großes, großes Ehrenwort«
»auf meine Mutter«
»auf das Grab von meinem Hund«

Wir weiter

die Sonne sank
der Mond ging auf
Manchmal ist eine Wiese endlos
manchmal sind Weiden wie Wüsten,
nur eben kalt und nass
so viel Gras ist echt kein Spaß
dann standen da die Kühe

Standen stocksteif
die Augen zu
Sabber aus dem Maul
Eine muhte im Schlaf und kackte drauflos,
und ja, da musste ich auch

Ich entfernte mich ein ganzes Stück
Kaum war ich fertig, da hörte ich dumpfe Schläge
Mist
Rasch abgewischt mit klebnassem Gras
und schnell, schnell zu ihnen zurück

Sah ich sie da
feste drücken
mit dem Rücken
»Und eins, und zwei …«
warfen sie die Kühe um
Alle Viere steif gestreckt
wie Plastikfiguren

Es war fast schon komisch, doch ich rief:
»Wir hatten doch geschworen!«
Ich gab ihnen eins um die Ohren, jagte sie,
schubste sie dann

An Schlagsahne dachte ich,
an saure Milch
und an die Forke von Sonnenmann

WEITER

Weiter gingen wir
Schritt für Schritt
ich vorneweg, rief: »Los, kommt mit!«
Die Jungs, sie blieben stumm.

Man hörte nur: schmatz schmatz
Gras wurde Matsch und Matsch Morast
Erst als wir nicht mehr weiterkonnten
– ein See zwang uns zur Rast –
sagte jemand leise: »Jetzt was?«

DAS FLOSS

Ein Floß baut man so:
– stramme Balken, nicht zu schwer
– quer darüber lange Latten (wenig Splitter, lieber keine)
– pro Latte sieben Nägel, die Spitzen flach geklopft
– Darunter die Kanister
– Dann mit Seil zusammenbinden

Renzo schlug die Nägel ein
Bas hämmerte sie flach
Bram war gut mit Knoten
und ich sah alles nach

Aus Plastikfolie ein Segel
Ein langer Ast als Mast
Siehe da: es passt

Es schwamm und lag gerade
Wir alle hatten Platz
Das Segel, gewölbt, zog uns mit sich her
Der See wurde größer, wurde zum Meer
Lieder sprudelten in uns auf
Jetzt fahrn wir übern See, übern See

Stand da
auf dem Steg
stand da Sonnenmann

Mit wütendem Blick
und Forke natürlich
Forke rostrot
Dann ein Blitz
fast unsichtbar
so schnell

Wir sofort im Wasser drin
keiner tot
bloß unser Floß dahin

SCHWIMMEN

Sonnenberg stand auf dem Steg
fuchtelnd und tobend
Also mussten wir weiter
zurück hatte keinen Zweck
das bedeutete schwimmen
ich vorneweg

Schwimmen geht langsam
unsere Muskeln wurden lahm
alles müde und verkrampft
der ganze Heimweg nichts als Kampf
Renzo und Bas stöhnten schon leise
und gerieten manchmal unter Wasser

Doch, ich habe den Rettungsschwimmer
aber ich war selbst schon viel zu müde
und so mussten wir Renzo und Bas gehen lassen

Ich dachte immer: Ertrinken
das würde mit Schreien und Strampeln geschehen
aber sie waren plötzlich einfach weg
Ich sah sie langsam untergehen
und auf dem Wasser
waren nur noch
Kreise
zu sehen

Renzo und Bas

Renzo und Bas waren die besten Kletterer
Oft lachten die zwei und zogen mich auf:
»Den Baum schaffst du niemals bis ganz oben rauf!«

So habe ich mir mal das Schlüsselbein gebrochen
Wir haben nie mehr darüber gesprochen
Aber später, als wir mein Baumhaus bauten,
war alles wieder beim Alten

Renzo und Bas waren die besten Kletterer
aber nicht die besten Schwimmer
Wasser hat keine Knorren und Äste
nichts, um sich festzuhalten

LEMMINGE

Ich hatte mal 'ne Sendung gesehen
Lemminge, die ins Meer schwimmen
und dann alle untergehen
Man denkt vielleicht, sie wollten womöglich
versinken, ertrinken
sie sind aber bloß unterwegs
Es ist so:
sie ziehen immer weiter
über Berge, Äcker, Bäche
über Wiesen, Steine und Sand
und kommen sie an ein Meer
denken sie nicht über dessen Größe nach
halten es einfach für einen Bach
nur kommen sie nie mehr an Land

WEITER

Wir schwammen weiter
Zug um Zug
Wasser zuhauf, doch ich gab nicht auf
Ich wusste, da musste, ich irre mich nicht
da weiter vorn,
ja! Land in Sicht!

ENT-LICH

Endlich
an Land gekrochen
endlich
Fühlte mich wie
eine olle, tote Ente

So lag ich da
total geschafft
aufgeweicht, ausgebleicht
meine Schwimmhauthände
völlig erschlafft

So lag ich da
am ganzen Leib
so kalt
und alt
die Glieder steif

… es kamen schon Fliegen
… wollt' sie verjagen
zu müde
zu müde
… sie wegzuschlagen

flogen dann so
setzten sich rein
in meine Nase
dochch ichch schschlief schschon ein

UND DANN DIE MÜLLTONNE

Wenn man Jahre durchs Land zieht
dass, egal wo man rennt,
man nie was erkennt
und nie weiß, was wo ist
und immer alles nicht so ist,
dann wird das normal

Wir gingen weiter
fremder Weg
fremde Bäume
fremde Vögel
ihr wisst schon

Und dann auf einmal direkt vor uns
die Mülltonne
und ich dachte: die kenne ich! Genau die!
Der dunkelgrüne Deckel,
das Müllmännchen ohne Füße,
hier und da schon abgeplatzt,
Das »Abfälle« nicht mehr zu lesen
»I was here« ins Blech gekratzt

Sie war rostig
und stank
aber sie war
das Schönste,
was ich je gesehen hatte

ZURÜCK

Und wie dicker Sirup sickerte es langsam durch:

Wenn hier dieser Mülleimer ist
muss da der Surfteich sein …
Dann ist da der Imbiss
und etwas weiter die Bahn,
Fußballplätze, Schnellstraße,
die Tunnelunterführung,
über die Mauer, um die Ecke
etwas weiter die Brücke
und da, da muss dann mein Zuhause sein.

Jungs, wir sind zurück!

ABSCHIED

Wir wussten:
es ist so weit
Abschiedszeit

Am Waldrand blieben wir stehen
denn da, da wohnt Job,
dort wohnt Bram und Henk etwas weiter da hinten
und mein Haus wiederum ist ganz auf der anderen Seite

Es ist so weit
Abschiedszeit
Wie geht so was

Ich dachte an uns Kilometerfresser
alles gemeinsam, ganz egal was,
wie Brüder, nur noch besser

Es ist so weit
Abschiedszeit
Ja, wie geht das

(im Film fallen sie sich dann um den Hals,
winken in Zeitlupe
und man hört Geigen und so)

Wir gafften uns an wie die Schafe
am Boden festgewurzelt

Die Hand gibt man Opa
»Auf Wiedersehen« ist so steif
Sich umarmen bloß Getue und Schau
Was bleibt dann übrig?
Keine Ahnung
tschau

TEIL 2

AUFGESTANDEN, PLATZ VERGANGEN

FAST ZU HAUS

Kalt wärmer warm
Ich umfasse meinen Arm
und zwicke mich
Der Schmerz, der meine Haut durchsticht
den spüre ich
nur trau ich meinen Armen nicht

MEINE STRASSE

Meine Straße ist zwar dieselbe, nur
die Gärten, der Platz und die dicke Kastanie

alles wirkt kleiner und anders
Ein bisschen so wie im Film

Da stehe ich
Angenommen
alles wäre nachgemacht:
die Häuser nichts als Fassaden,
der Baum bloß Pappe, das Gras aus Papier
und alles genauestens hingestellt hier

Die Kastanie regt sich nicht
Ich befühle ihren Stamm:
der Baum ist aus Baum
und das Gras aus Gras

genau wie früher fast

MEIN HAUS

Unser Haus ist ein Gesicht
Zwei Fensteraugen: links wie immer
meins, und rechts das Elternzimmer
die Haustür ist sein schiefer Mund
der Fußweg seine Zunge

Langsam geh ich näher ran
ich schaue es, es schaut mich an

Es verzieht die Tür noch schiefer
verengt seine Fenster zu Schlitzen
und streckt mir seinen Fußweg raus
– bwlll!

Dann sehe ich:
Mein Selbstporträt zum Vatertag
es hängt nicht mehr im Fenster

MEIN BAUMHAUS

Im Garten: mein Baum ist leer
Die Äste, sie sind kahl und nackt
Dach weg
Leiter weg
kein Nagel mehr zu sehen

Unten am Stamm
eine selbst gebaute Hundehütte
Ein schiefes Ding
und viel zu viele Schrauben drin

Mein Vater hat ohne mein Wissen
die Bretter sämtlich abgerissen,
zersägt, durchbohrt und klein gemacht

Ich muss mich echt zusammenreißen
Er hat mein Baumhaus umgebracht

GARTENTOR

Gerade als ich das Tor aufstoße
– es quietscht: iihiihii, so muss es sein –
sehe ich in der Hundehütte
zwei gelbe Augen leuchten

Ein Hund kriecht heraus
das heißt ... ein Hund?
Ein Monster schwarz und haarig
und irgendwo in der Mitte
ein Loch voll gelber Zähne
Es geifert, schnuppert,
sieht mich
Seine gelben Augen sagen:
    Dich kenne ich
    gleich bist du dran
    Aufgestanden
    heißt Platz vergangen

Ich stehe, gucke, das Tor in der Hand
und blitzartig sehe ich
das Namensschild am Hals
»Dysseus« steht da,
in Metall geritzt
»Dysseus« steht da
Nein, kein Witz

Sein Maul fliegt auf
er bellt und hustet,
das Tor rutscht mir aus der Hand – iihiihii –
der Hund kommt auf mich zugerannt
er springt
ich bücke mich
er beißt
bloß meine Jacke
ich ziehe
und reiße
mich los und renne
durch die Straße, Haken schlagend über Brücken
schneller, weiter
als ich kann

Er hat meinen Namen, meine Hütte, mein Haus
wer bin dann ich
und wo zu Haus?

HOCHHALTEN

Wie verrückt
in ein Versteck gespurtet:
das Wäldchen hinterm Fußballplatz
Atem holen, mich umdrehen,
Atem holen, Seitenstiche,
warten, nichts zu sehen
Verfolger abgeschüttelt

Schrecke hoch
ein Ticken

Durch Äste und Blätter
sehe ich beim Tor
ein Mädchen, das den Ball hochhält
Fuß, Knie, Fuß, Knie,
Kopf, Kopf und immer weiter
erst bei zwanzig fällt der Ball
(siebzehn lautet mein Rekord)
sie bückt sich – hä?
Jetzt weiß ich, wer sie ist

Oder nein, oder doch,
sie ist es, aber viel zu lang
(meine Schwester, dieser Knirps,
kann kaum einen Ball stoppen
und soll sie ihn köpfen, kullern Tränen)
Das Mädchen da
mit Pferdeschwanz
und Trainingshose – meiner Hose –, das ist …
Meine Schwester?
Meine Schwester.
Meine Schwester?
Meine Schwester

Ich rufe ihren Namen,
der Ball fällt hin, sie sieht mich,
springt hoch und rennt gleich los,
schaut mir dann mitten ins Gesicht
– shit –
sie ist so groß wie ich

MEINE SCHWESTER UND ICH

»Na also, du bist doch nicht tot!«
Sie erdrückt mich fast,
und ich sie erst recht
– »Au, nicht so fest.«
– »Verzeihung, Kleine.«
– »Bin nicht klein.«
– »Ja, ich weiß.«
Wangen, Arme eng verschlungen
ihr Rotz durch mein Hemd gedrungen
– »Ja, tut mir leid.«
– »Ach, Kleinigkeit.«

Dann hört sie auf zu lachen
»Dysseus«, sagt sie,
»So lange warst du fort.
Alle sagten:
tja, der ist tot.«

Papa wurde grau
erst sein Gesicht
dann auch sein Haar
und er sagte kein Wort

Und Ma fing an zu plappern
mit Nachbarinnen, am Telefon,
notfalls mit dem Fernseher
selbst im Schlaf plapperte sie noch

Ich sagte immer: er kommt wieder,
doch, er lebt noch
aber Ma wollte nicht hören
und Papa hielt den Mund

An einem schwarzen, haarigen Tag
kam dann dieser Hund.«

EIN HUND IM HAUS

»Und ja, jetzt mit einem Hund im Haus:
Hundehütte
Hundekorb
Hundeposter und -tapeten
Hundekekse
Hundelieder
Hundebälle
Hundebücher
Hundestöckchen
Hundebonbons
Hundekuchen
Hundebreckis
Hundefotos
Hundezeitschrift
Hundeseife
Hundeshampoos
Hundeshows und
Hundespielzeug
Hundeärzte und -psychologen
Hundekalender
Hundeklo
Hundekurs und
Hundefanclub
Hundesendung sowieso
Hundeschals und
Hundeschleifen
Hundejacken
Hundemützen
Hundehaufen
Hundepfützen
samstags der Hundefriseur
sonntags zur Hundekirche
und überall, überall haart dieser Hund.«

VERGESSEN

»Ja ja«, so ich, »jetzt bin ich aber da,
geh du schnell heim, sag: Papa und Mama,
Dysseus ist zurück, das heißt,
der Hund kann wieder weg.«
Meine Schwester zögert, kratzt an einem Baum
»Das geht nicht«, sagt sie leise,

»Sage ich ›Dysseus‹, dann
denken sie ›der Hund‹.
Das Vieh hat in der ersten Nacht
deine ganzen Bilder und Fotos
von der Wand gezerrt
und aufgefressen

Sie haben versucht
dich zu vergessen
und dich allmählich
ausgesperrt.«

UNGELOGEN

Ich packe meine Schwester am Kragen
»Du lügst! Du lügst mich an, du Biest!«
Doch ihr Blick, er sagt mir schon:
Knallhart ungelogen

Oma hatte also recht
ich seufze, sinke hin
hier am Ackerrand, gefällt
Alles ist erzählt

Meine Hände fahren durch das Gras
die Tropfen bleiben hängen
Ich will nicht weinen
meine Schwester sähe das
Nicht weinen jetzt
Sie hüstelt. »Was hast du vor?«
»Still. Ich schmiede einen Plan«, sage ich
im Hals ein dicker Kloß
Ich starre weiter auf das Gras
und denke

wüsst ich's bloß

Jetzt will ich einfach
nichts als
hier im Gras hocken
meine Schwester neben mir

Sie schnaubt
und hebt den Ball auf
»Muss nach Hause, wir essen gleich
Dann komme ich wieder.«
»Ja, geh nur. Geh«, sag ich
und schau ihr nach
bis sie verschwindet
hinter hohen Hecken

Mein Bett

Nicht an mein Bett denken
die Kuhle in der Matratze
die orangegelbe Decke
die Popel unterm Rand
das Foto von der ganzen Klasse,
die zermatschten Mücken an der Wand,
den Nachtschrank mit dem Radio,
die dumme Mickymaus-Lampe,
die Muscheln und Steine, alle selbst gefunden,
nicht dran denken, keine Sekunde

nicht müde werden
so müde
nicht schlaff werden
so schlaff

und erst recht nicht an meine Mutter denken
die endlich zu mir hinaufruft
»Sag, ist jetzt langsam Schluss?
Ich will jetzt nichts mehr hören.«

Warte nur

Warte nur, Tier
Ich werde dich kriegen
Ich schlage dich
Ich verjage dich
wie nix kriege ich das hin
so wahr ich Dysseus bin

ZU ZEHNT

Wären wir bloß noch zu zehnt,
wie nix verjagten wir das Tier:

Renzo, Job und Bas geh'n vor
springen einfach übers Tor
feuern Steine, zack, auf's Ohr
Zweite Linie: Juri, Jeffrey
Juri spuckt ihm in die Augen
Hund jetzt blind
Jeffrey sprintet los und furzt
ihm Stinkegase auf die Hundenase
Da liegt er dann und jault,
die Pfoten auf der Schnauze
Jetzt kommt der Rest mit Riesenschritten
Michael und ich, Bram und Henk, und Frits hinterher
Erst einen Eimer über den Kopf
dann von uns allen so richtig Keile
Weg, Hund, raus aus meinem Haus!
Wie schnell wär' er vertrieben
– wenn wir hier zu zehnt wären

Ich seufze
reiße einen Grashalm aus

Bin ja nur ich übrig geblieben

RECYCLING

Ein Plan, ein Plan, mir fehlt ein Plan
Das Tier hat mich gesehen
und wird mich niemals reinlassen
Könnte ich für den Moment
doch nur ein anderer sein

Ich schlendere
durch die Gegend
bleibe beim Glascontainer stehen
schiele hinein
durch das Loch
dunkel, muffig
es stinkt nach Wein

Könnte ich nur
wie eine Flasche
durch das Loch fallen
unten in Stücke zerknallen,
dann würde ich umgeschmolzen
ein neuer Dysseus
fertig zur Wiederverwendung

Doch mir gehört ja
nicht mal mein Name mehr
ein Nichts bin ich
und keiner will was aus mir machen
Ach, ist schon gut

Außerdem passe ich gar nicht durch das Loch

KAPUTT

Das war meine Freitagsmasche
ich mit Papa und voller Tasche
»Darf ich, Papa?«
»Na klar doch, ja.«
Jede Flasche eine Bombe
Papa gab sie mir
und ich ließ sie zerknallen –

das scheint jetzt so
weit weg
vorbei
klatsch
kaputtgefallen

STIMME AUS DEM GLASCONTAINER

Ich kicke ein paar Scherben weg
als plötzlich von innen aus dem Container
eine Stimme erklingt
dumpf und honigsüß:

»Lieber Düssi, lieber Düssi,
vergiss nicht, ich,
ich werd' dich nie
vergessen, nein,
vergiss mich nicht.
Komm doch näher,
näher her.
Ich will dir helfen:
Bitte sehr!«

Und aus dem Containerloch
ragt schlank ein Arm und eine Hand
hält eine Colaflasche hoch,
darin ein brauner Schlamm

»Kirke«, stammle ich, »danke schön«
und beim Entgegennehmen
berühre ich ganz kurz ihre Finger,
und weg sind die Hand, die Glut,
die Stimme

Wie tief ich auch hineinluge,
nichts als Scherben
Modergeruch
und Marmeladenschimmel

FLASCHE

Die gibt natürlich Superkraft
Dass ich wie Popeye, wie der Hulk
aus allen Nähten platze
Schultern wie ein Schrank
ein Hals wie ein Mast
Muskeln aus Stahl
(oder wenigstens fast)

Das dachte ich mir
ja, konnte doch sein
und goss das Zeug in mich hinein

Fühlte es glühen, brennen, sengen
viel vornüber auf die Hände
Hände? Pfoten wohl vielmehr!
Ich spürte alles schrumpfen, bis …
plötzlich Stillstand um mich her

Ich war in einer Grotte
(– dachte ich noch
aber es war nur die Innenseite meines Pullovers
ich war also nicht gewachsen, eher umgekehrt)

Ich mich schließlich rausgetraut
in einer Pfütze angeschaut

Und wahrhaftig:
mager, grau und haarig,
kahle Stellen ab und an
Mickerschwänzchen hintendran
Der Befund:
bin jetzt auch – o nein! –
ein Hund

VIELEN DANK AUCH

Gut, vielleicht hab' ich gesagt
ich wäre gern ein anderer
und 'ne Verkleidung ist – okay –
keine schlechte Idee
Aber ein Hund? Also echt!
Sehr witzig, Kirke
Ha
Ha
Ha

WUFF-WUFF-WUFF
UUUH UUUH UUUH
WUFF-WUFF-WUFF

Angenommen, eines Tages,
irgendwann
bist du in einen Hund verwandelt
Kann einfach so passieren
Weiß man nie

Sieh zu, dass ihr Codes vereinbart habt:

3 x bellen	**=**	**ich bin ein Hund, sonst alles okay**
2 x bellen, 1 x knurr	**=**	**ich weiß, ich stinke, kann auch nichts dafür**
2 x bellen + 1 kurzer Jauler	**=**	**he, nicht weggehen!**
2 lange Jauler	**=**	**ich will nach Hause, nimm mich mit, nimm mich mit**

Meine Schwester und ich hatten das nicht gemacht
Das gibt nur Theater

– »Wau, wau, wau!«
– »Geh weg, ekliges Tier.«
– »Wau, wau, grrrr …«
– »Was willst du, igitt!«
– »Wau, wau, fiiiep!«
– »Willst wohl einen Tritt?«
– »Uuuh, uuuh, uuuh!«
– »Weg von meiner Hose. Los, zisch ab!«

Dann muss man sich halt sonst was ausdenken
Ich nahm einen Ast ins Maul
und kratzte in den Sand

Ich zeichnete unser Haus haargenau so wie zuvor:
Garten, Baumhaus, die Schwester davor,
daneben kam ich und um alles ein Kreis,
dann ein Pfeil und ein magerer Köter
(ich meine, das versteht doch jeder)

Aber sie steht nur da und starrt:
»Sag, was willst du von mir? Wozu das Geschmier?«
(Spielt ihr Bilderraten, bildet nie ein Team mit ihr …)
Es dauert ewig
dann platzt sie heraus:
»Du bist es, Dysseus! Nur … wie siehst du aus?«

VORBEI AN DEM TIER

Meine Schwester hebt mich hoch
steckt mich einfach in ihre Jacke
»He, bleib still. Ist das nicht schlau?
So schmuggle ich dich heimlich rein.«
Ihre Jacke ist zum Ersticken
und was sie nicht wissen kann:
Ich habe längst 'nen eigenen Plan

Als wir fast da sind
strecke ich den Kopf hinaus
und springe wieder raus
»Dysseus«, zischt sie, »sei kein Narr!
Er frisst dich auf mit Haut und Haar
bekommt er dich zu Gesicht.«
Ich schüttele den Kopf: du verstehst es nicht
Ich bin doch getarnt

Aber als wir durch die Gasse gehen
warnt mich sein Knurren
und sofort rast mein Herz im Galopp

(Halt, stopp: keine Angst vor diesem Blaffer
Tu einfach ganz normal
Bist schließlich undercover)

Meine Schwester drückt die Pforte auf
– iihiihii –
gleich kommt der Knall

WÜTENDES GEBRÜLL, WILDESTES GEBELL
Ich, ich wedele: braver Hund!
Senke mein Köpfchen bis zum Grund
und schau ihn an mit Hundeblicken:

Willst du spielen? Willst du spielen?
Sein Bellen stockt und er verstummt

Gelbe Augen bohren sich in mich
(Hilf mir, Kirke, dass er bloß nicht checkt,
wer in dem kleinen Köter steckt)
Langsam kommt er auf mich zu
– ich, ich stehe brav, stocksteif –
er einmal im Kreis um mich herum
schnuppert – Gnade! – an meinem Po …
Er hebt ein Bein
und ein warmer Strahl
prasselt mir auf den Kopf
rinnt mir ins Genick
um mich bis zu den
Pfoten zu durchnässen
Dann trottet er wieder zurück

Hm. Na ja
Wenigstens hat er mich
nicht gleich gefressen

WIEDERSEHEN

»Du, schau mal, Ma
was ich gefunden habe«, sagt meine Schwester
und setzt mich auf den Küchenboden
Schritte …
Und da steht sie

Es ist meine Mutter
aber
ich habe sie noch nie gesehen
Wie? Ich meine
natürlich schon
aber nie
nie so
Ihr Gesicht:
die Augenringe und Runzeln
die Linien entlang der Nase,
der Nase, ha! Ihre Nase ist schief,
das war mir noch nie aufgefallen

Ich belle. Ich bin's,
ich bin es, ja!
Das muss sie doch sehen
Meine Mutter muss das sehen
Meine Mutter muss mich aus Tausenden,
aus Tausenden wiedererkennen
In ihrem Blick sehe ich noch nichts
Sag schon: »Dysseus!«
Sag doch was!

»Pfui, so ein schmutziges Tier.«

MEINE MUTTER UND MEINE SCHWESTER

»Darf ich ihn behalten?«, fragt meine Schwester
»Auf keinen Fall!«
»Nur so lange, bis ich ein Herrchen gefunden habe.«
»Was sollen wir mit zwei Hunden hier?«
»Er hat ja sonst niemanden.«
»Tja, sein Pech.«
(Also jaule ich leise: »fiep-fiep-fiep-fiep«, und halte den Kopf schräg)
»Gut: einen Tag, dann muss er weg.«

»Weißt du, Ma«, sagt meine Schwester, »an wen er mich erinnert?«
»Nein?«
»An Dysseus.«
»Unseren Hund?«
»Nein, meinen Bruder.«
Im Garten bellt das Tier
Meine Mutter seufzt: »Aber liebes Kind,
du hast keinen Bruder, bist immer allein gewesen.«

AU, AU, AU

Wie kann man nur – versteh ich nicht –
den eigenen Sohn vergessen?

Das geht doch nicht,
kann doch nicht sein
dass man mich nicht
vermisst?

Als wäre ihre Festplatte
gecrasht und
ich gelöscht und
ausgewischt

WARTET NUR

Warte nur, Mama,
warte nur, Pa,
so leicht löscht ihr mich nicht aus
Ich werde es beweisen
Euch aus dem Schlaf reißen
Bald wird unwiderlegbar sein:
Dysseus, das bin ich allein

NEST

Das Haus riecht nicht mehr wie mein Haus

Ich husche nach oben
will nur mal in mein Zimmer
Mit der Schnauze drücke ich die Tür
einen Spaltbreit auf
und sehe:

Alles von der Wand gerissen
und auf dem Bett
eine Art Nest
aus zerknüll..., nein:
aus Comicfetzen
Mist,
meine vierundachtzig Micky Maus
Sieht übel aus

»He, du hast hier nichts zu suchen!«
Es ist meine Mutter, sie schnappt mich
nimmt mich mit
setzt mich raus
und schlägt die Tür
zu
ich kratze noch an der Scheibe
sie dreht sich nicht mal mehr um

ZU HAUSE

Ausgesperrt aus meinem Haus
in einer alten Lumpenkiste
Der Himmel ist zu groß und nackt
viel zu sternenbepackt
Der Einzige, der mich hier noch kennt
ist der Mond am Firmament
Das ist doch glatt zum Heulen

SCHMUSEN

Durch das Fenster
seh ich sie
Sie schauen fern

(Nur meine Schwester
steht da, die Nase an die Scheibe gepresst,
aber hinaus darf sie nicht)

Das Tier hat den Kopf
auf Mamas Schoß gelegt
Sie streichelt es
und krault es im Nacken

Früher
lag ich auch so da
Einfach so, keine Ahnung,
fand ich schön
Na gut,
da war ich noch klein

ALBTRAUM

Auf einmal fuhr ich hoch
Schwitzend,
keuchend
Ich hatte geträumt

Ich war wieder Mensch
und saß auf dem Klo
dem Klo im Schwimmbad
Ich zog die Badehose hoch
drehte das Türschloss auf
und kam hinaus

Kaum zwei Schritte
da nahmen mich schon
zwei Große in die Mitte
»So ein Niemand, so ein Knilch!«
Sie kniffen mich in die Arme
und schleiften mich mit

Alle guckten zu wie ich da strampelte
Auch Jeffrey und Michael, Renzo und Bas, Juri und Frits
selbst Job, Henk und Bram
Und keiner, der was unternahm

Und ja, das war zu erwarten
einer von den Großen
griff nach meiner Badehose
zog sie runter und
warf sie durch die Gegend

Alle gluckten
Auch Jeffrey und Michael, Renzo und Bas,
Juri und Frits
selbst Job, Henk und Bram
Sie strengten sich an
sahen weg, mit zusammengepresstem Mund
aber ihre Gesichter zuckten

Da fuhr ich hoch

Zum Glück
dachte ich noch
bin ich jetzt
ein Hund

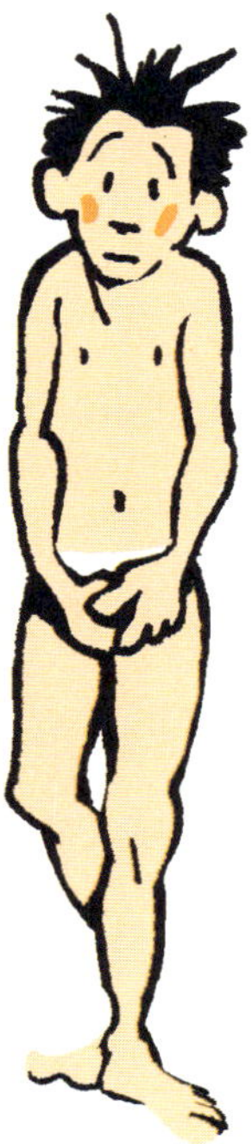

WARTET NUR

Wartet nur
Bin zwar mager
und ein Knilch
bin zwar nicht mehr als ein Hund
bin zwar manchmal eine Memme, aber
nie mehr lasse ich mich packen
nie mehr lasse ich mich foppen
nie mehr lasse ich mich mobben
nie mehr lass ich mich verkloppen
niemand macht mich mehr zum Spacken
niemand
nie mehr
nie und niemals mehr

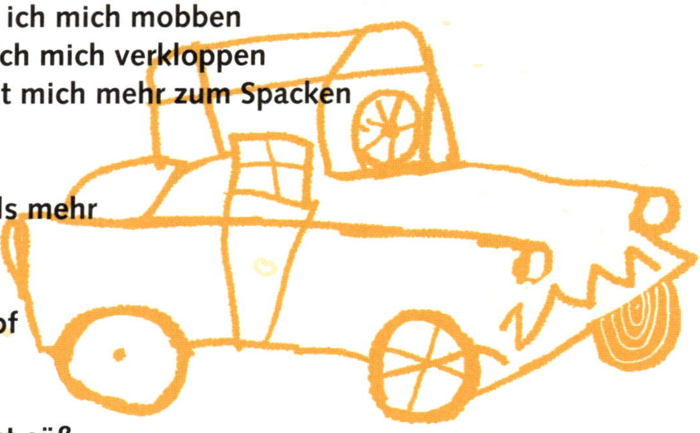

Wartet nur
In meinem Kopf
glüht ein Plan
blüht ein Plan
meine Rache ist süß
und schwarz wie Lakritz

KOMPLOTT

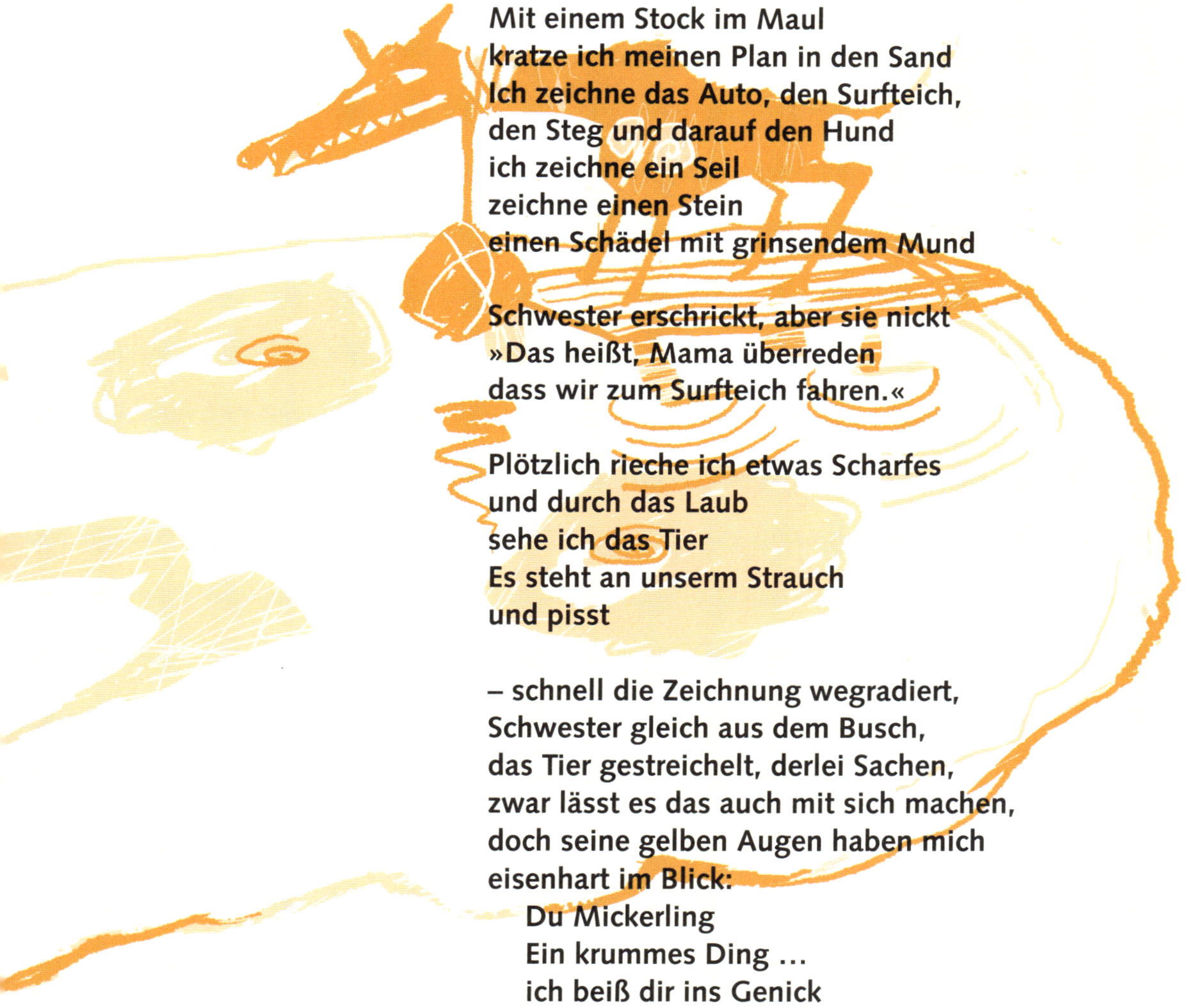

Im schützend düsteren Gebüsch
sitzt vor mir mein Schwesterlein
Wir schauen, schnüffeln eindringlich
doch die Luft ist rein

Mit einem Stock im Maul
kratze ich meinen Plan in den Sand
Ich zeichne das Auto, den Surfteich,
den Steg und darauf den Hund
ich zeichne ein Seil
zeichne einen Stein
einen Schädel mit grinsendem Mund

Schwester erschrickt, aber sie nickt
»Das heißt, Mama überreden
dass wir zum Surfteich fahren.«

Plötzlich rieche ich etwas Scharfes
und durch das Laub
sehe ich das Tier
Es steht an unserm Strauch
und pisst

– schnell die Zeichnung wegradiert,
Schwester gleich aus dem Busch,
das Tier gestreichelt, derlei Sachen,
zwar lässt es das auch mit sich machen,
doch seine gelben Augen haben mich
eisenhart im Blick:
    Du Mickerling
    Ein krummes Ding …
    ich beiß dir ins Genick

ZUM SURFTEICH

»Los, holt Handtuch und Badesachen,
wir fahren zum Teich!«, ruft Ma

Schwester zwinkert mir zu, hebt mich hoch
und trägt mich in Richtung Rückbank,
bis Mama fragt:
»Wo willst du mit dem Streuner hin?«
»Der kommt auch mit.«
»Das schlag dir aus dem Sinn.«

Geschwisterblick
hin und zurück
Ich denke schluck
Schwester schaut weg

Und jetzt, denke ich,
was ist Plan B?
Ich zerbreche mir den Kopf
doch mir kommt keine Idee

Aber dann, als Ma mal kurz weg ist
zerrt meine Schwester mich mit
und öffnet fix den Kofferraum
»Schnell, da rein!«
Aber das will ich nicht, nein
»Zapple nicht so«, flüstert sie,
»sobald wir da sind, lass ich dich frei.«

Gähnende Dunkelheit um mich her
ich denke an Filme mit Waffen,
Drogen und Leichen,
Filme, die wir heimlich guckten
unterm Dach bei Bram,
Filme, die mich kaum schlafen ließen
»Schnell, da kommt Ma schon an!«

Ich springe rein, die Klappe kracht
Knall, schnapp
rabenschwarze Nacht

IM KOFFERRAUM

Die Luft ist dünn
das Dunkel dick
und immer dicker
Dauert das lange
muss ich ersticken

Nicht keuchen
nicht fiepen

Gepolter …
Ja, sie steigen ein: Schwester, Eltern
und dann das Tier
(dass das ganze Auto wackelt)

Nicht keuchen
nicht fiepen

Der Motor schnurrt
das Tier knurrt
ich mach mich gefasst
und Pa gibt Gas

WARTEN, WARTEN, WARTEN

Gerade als ich dachte
tja, das war's
Luft gleich alle
und meine Geduld
Da war es, als hörte ich Kirke
im Brummen des Motors:

»Sch-sch-sch, sei still und warte
Warten ist wie Pfeil und Bogen
Du ziehst die Sehne
Du dehnst die Sehne
Du lässt erst los zur rechten Zeit
Sonst fliegt dein Pfeil bestimmt nicht weit.

Sei still, sch-sch-sch.«

WARTE NUR

Warte nur, Tier,
Ich hab keine Angst
trotz dieses Dunkels tintendick
Rache ist dunkel
Rache ist schwarz
dass jede Farbe drin erstickt

DUNKLE WOLKEN

Klappe auf
Grelles Licht
Meiner Schwester ihr Gesicht
»Luft ist rein.
Hab ein Seil. Hab einen Stein.
Sehe dich unten am Steg.
Das Tier lock' ich, wenn's geht, noch mit.«

Ich springe aus dem Auto raus
tauche in Busch und Strauch
Weiterschleichen auf dem Bauch

Außerhalb der Büsche
ein fröhliches Kreischen
und wildes Geplantsche
In meinem Kopf
hämmert das Blut
verklumpen dunkle Wolken

Keiner von denen ahnt
was ihnen demnächst schwant

WARTE NUR

Warte nur, Tier,
Meinen Platz geklaut
Geduld ist hin, ich finde dich
ich schleiche mich an
ersäufe dich dann
Der einzige Dysseus, das bin ich

LEERLAUFEN

Ich bin gespannt wie ein Tiger
für einen Sprint hin zum Steg

Dann sehe ich durch die Blätter

Meine beiden Eltern
auf einem Handtuch
in Badehose und -anzug
und mit einem Buch
sie liegen da und lesen

Sie liegen da so,
ja,
so ruhig
Nichts, was sie quält
– kein Sohn, der fehlt
In der Ferne bellt das Tier
dass es hallt über den Teich
Wau
wau
wau
wau

Die dunklen Wolken verwehen
und ich laufe leer
auf einmal so müde
auf einmal so schlaff

Was bilde ich mir ein
Ich bin ein Niemand,
bin ein Knilch
Eine Stimme in meinem Inneren fiept
Gib es doch dran, sag einfach:
Gut, du hast gewonnen, Tier,
meine Eltern gehörten über Jahre mir
jetzt darfst du sie haben
mir langt es hier

Ich höre meine Schwester rufen
schaue aber nicht hin
Machnichtmehrmit
Nennt mich halt Niemand
bin weg vom Fenster
bin niemandes Kind

Dann schallt ein Lachen übers Wasser
das mich sofort erschauern lässt

Dieses Lachen …
das kenne ich

Ich schaue hoch und
mir stockt
das Herz

HOCHZEIT

Da
am Kopf des Stegs
die großen Jungs
Sie haben meine Schwester gepackt

und – seht nur, seht! –
ihr die Arme nach hinten gedreht,
einen Apfel in den Mund gestopft
damit sie nicht schreien kann

Einer legt ihr einen Schlierenschleier
aus Wasserpflanzen um den Kopf
Ihr Gesicht ist rot
Ihre Blicke schießen hin und her
wie Mäuse in zu kleinen Käfigen
Sie steht da
als ob sie gleich weinen müsste
(Gott, das sehe ich jetzt erst:
sie hat schon kleine Brüste)

Die Jungs bilden jetzt zwei Reihen
an beiden Rändern des Stegs
und sie stampfen auf die Planken
Duff
Duff
Von hinten kommt was angelaufen
Duff
Duff
Es ist das Tier
Duff
Auf seinem Rücken
Duff
Reitet der größte der Jungs
der mit schon etwas Schnauzbart
Duff
Duff
Duff
So reitet er
über den Steg
zu meiner Schwester und
währenddessen
Duff
Duff
Duff

Der Schnauzbart steigt ab
stellt sich direkt neben sie
Er beugt sich zu ihr
schlägt seine Zähne
in den Apfel
Die Jungs grölen: Huhuhuuu!
und pfeifen auf den Fingern

AUS DER HAUT

Blut pocht in meinem Kopf
Es grollt und donnert
als ob eine Bombe platzt

Wage es, ihr etwas anzutun
Ich ziehe dir die Haare aus dem Hirn
reiße dir deinen Schnurrbart aus
und schlage deine Freunde knockout

Ich will kämpfen
nicht wie ein Hund
sondern als der echte

Ich fahre aus der Haut

MENSCHENHAUT

Ich fühle mich wachsen
Schmerz durchzuckt meine Pfoten – Hände
alles fühle ich sengen, brennen
Kopfschmerzen, dass mir der Schädel zerknallt

Endlich stehe ich
auf zwei Beinen
Ich will sofort
aus dem Busch springen
doch halt

(Hörte ich jemanden kichern?
Kirke? … Ich werfe einen Blick nach unten)

Ganz vergessen, Mann
Hab ja gar nichts an

HOSE

Ich raffe einen Plastiksack vom Boden
reiße rasch zwei Löcher rein
steige mitten im Lauf hinein
Keine Zeit, muss schnell jetzt sein.

(Dass es wie 'ne Windel aussieht,
vergesse ich lieber gleich wieder)

ATTACKE

Jetzt kommt es drauf an
Jetzt muss ich zeigen, wer ich bin
was aus mir geworden ist

Ich balle die Fäuste
richte mich auf
Kneife die Augen zusammen

Sammle all deinen Mut
Sammle alle deine Freunde

Freunde hab ich überall
In den Zehen und im Kopf
Sie gären in meinem ganzen Leib
sind nie daraus verschwunden

Als würden sie mir aus den Fingern springen:
Plopp, da wären Bram, Henk, Job,
und da ist Frits, er hat ein Loch in der Lippe
Renzo und Bas sind voller Algen
und Wasser tropft ihnen aus allen
Löchern und da ist Juri, dem fehlt
ein Stück Ohr und Jeffrey hat nur mehr
ein Auge, ach, da kommt Michael noch
angeweht

Alle kommen abgerissen daher
die Arme mit Schrammen übersät
doch sie grinsen, es ist ihnen schnurz
... und Jeffrey lässt einen Furz

Attacke! Auf geht's
alle Mann
Ich vorneweg, ruf: »Nichts wie ran!«
Fasst einer meine Schwester an,
ist er dran

RACHE

Wir rennen und springen in den Teich
schwimmen unter Wasser bis zum Steg
und tauchen lautlos auf im Schutz
der Dunkelheit unter den Planken

Wir spähen durch die Ritzen
Sehen viele Jungenfüße
und die Pfoten von dem Tier
Lautlos zähle ich ab:
drei, zwei, eins

Fasst sie an den Fußgelenken
Zieht sie runter!

Platsch, alle Jungs ins Wasser
Der Schnauzbart langt nach der Kante
zerschrammt sich aber nur Brust und Arme
Als sie auftauchen wollen
Drücken wir sie schnell kopfunter
und das wieder und wieder
Sie strampeln und wehren sich
und schlucken literweise Wasser

Dann lassen wir sie gehen
Auf Nimmerwiedersehen

Schnell klettere ich auf den Steg
und erstarre:

Meine Schwester liegt da, auf dem Rücken
(noch immer den Apfel im Mund)
Über ihr das Tier, der Hund
er knurrt und fletscht die Zähne
Ein Schleimfaden aus seinem Maul
tropft ihr in den Hals
Über sie hinweg
schielt er zu mir und droht:
    Einen Schritt weiter und ich
    beiße deine Schwester tot

GEISELNAHME

Ich auf dem Steg, die Freunde im Wasser
Alle halten den Atem an
Niemand regt sich
Das Tier sperrt sein Maul auf
und beugt sich noch mehr zu ihr
Wird er jetzt auch …
Will er jetzt auch …
einen Kuss
einen Bissen
von meiner Schwester?

Plötzlich
spuckt sie den Apfel aus

spuckt ihm ihn tief in den Hals
Seine Augen weit
Er stocksteif
stumm
Er würgt und schluckt
und hustet,
prustet wild
den Apfel aus

Meine Schwester ist ihm entwischt
Ich pfeife und da taucht Juri auf
Zielgerichtet
spuckt er dem Tier
ins Gesicht
mitten in die Augen
Und unter dem Steg
da blubbert es:
Jeffrey, der einen Stinkefurz schießt
Das Tier fasst sich an die Nase, krümmt sich
Bas und Renzo klettern pfeilschnell auf den Steg und
treten ihm in die Flanken

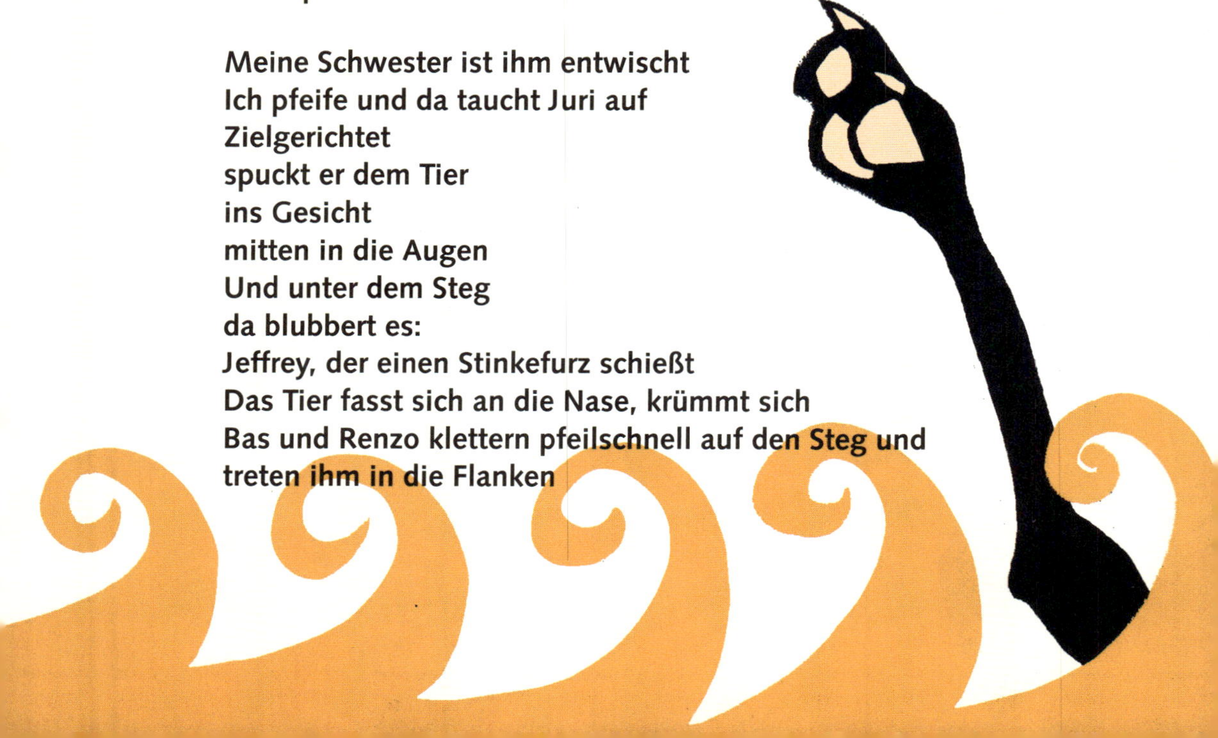

Das Tier, es bellt und jault wie krank,
schüttelt die Jungs dann allerdings ab
Dann sieht es mich:
    Deine Freunde, was?
    dich kriege ich

Es springt
und ich, ich bücke mich bloß
und es landet im Wasser

Erst jetzt kommt der Gnadenstoß:
Frits stürmt über den Steg,
springt hoch,
rollt sich zusammen und landet
mit einer Arschbombe auf seinem Kopf

    Tier
    das war's mit dir!

KRÄUSEL

Taumelnd
schaumspritzend
prustend
und blubbernd
geht das Tier jetzt unter

»Ich hab's gewusst, Jungs!«, rufe ich,
»Wir können alles!«
aber so schnell sie hierher gefunden
sind sie auch wieder verschwunden

Ich stehe da, starre aufs Wasser,
wo sie gerade noch waren

aber ich sehe nur Ringe
(Ja, und natürlich mich:
ich wackele wie angesäuselt
wegen der Wasserkräusel)

MEINE SCHWESTER

»Dysseus!
Du bist wieder da!
Du bist es wirklich!«
Sie strahlt und breitet die Arme aus
Am liebsten hätte ich sie hier und jetzt
gepackt
zu Tode gekitzelt
was weiß ich
Aber mit den Hubbeln in ihrem Badeanzug
ist das nicht mehr so klar
also lasse ich es
stehe bloß grinsend da

Sie betrachtet mich
»Was hast du? Und was ist das? Eine Windel?«
Ich zucke mit den Schultern
»Das sagst gerade du mit deinem dummen Schleier.«
Sie fühlt auf ihrem Kopf,
kniet nieder und spricht gekünstelt:
»O mein Retter, willst du mich heiraten,
bla-bla-bla, bla-bla-bla,
bis dass der Tod uns scheidet?«
»Jetzt sei kein dummes Huhn«, kichere ich
ganz rot im Gesicht
Ich gebe ihr einen Schubs
und sie fasst mich am Arm
also segeln wir zusammen
laut lachend
ins Wasser
Wiederaufgetaucht
schau ich in ihre nassen Augen
groß und grün
»Wie«, sagt sie, »lautet die Antwort?«
»Ach, lass die dummen Witze!«
Und während ich ihr Gesicht
mit Wasser bespritze
denke ich:

Wir sind schon lang
lebenslang
Bist meine Schwester
nicht erst seit gestern
Also dann

Meine Eltern

Ich kraxele wieder auf den Steg
Meine Eltern stehen am Ufer
die Münder offen, schockgetroffen
Alles haben sie gesehen

Ich winke
und Pa hebt zögernd
halb den Arm, als ob
er es nicht glauben kann

Verrückt, ich trau mich kaum, sie anzuschaun
blicke auf meine Füße
Menschenfüße

Dysseusfüße, die sich
Schritt für Schritt
hin zu ihnen lenken
Was sie wohl von mir denken?

Sie sagen nichts
Meine Mutter streckt die Hand aus
berührt mein Gesicht
ein Seufzer aus tiefster Seele

»Du hast soeben
für deine Schwester
alles gegeben.
Du bist es, bist am Leben.«

Am liebsten würde ich alles
– mein Baumhaus, die Kiste, das Nest und so –
auf einen Schlag vergessen
aber vergessen schmeckt mir nicht
also erzähle ich
    wie ihr Hund mich weggejagt hatte
    dass ich danach der kleine Hund war
    dass ich am liebsten ganz nah und endlich wieder zu Haus
    und noch lauter so Sachen

Sie hörten zu
Sie schütteln die Köpfe
Sie schauen weg
sie werden rot

Lange bleibt es still
dann frage ich leise:
»Wie konntet ihr mich nur vergessen?«
»Aber Lieber«, lacht meine Mutter, »wir,
wir hatten dich immer im Sinn.
Die ganze Zeit warst du
hier
in unserm Herzen drin.«

Ich denke – sag es nur nicht laut –
dann habt ihr mich
in eurem Herz
wohl ganz tief wegverstaut

GUTENACHTKUSS

Nachts schlafe ich nach all der Zeit
wieder in meinem Bett
Es stinkt zwar noch nach Hund
und fühlt sich an
als hätten mich Flöhe gezwickt

Ma war grad noch da
für einen Gutenachtkuss

Von wegen

Ich hab sie weggeschickt

SEUFZ

Seit ich zu Hause bin
ist der Himmel irgendwie leerer

Starre stundenlang die Decke an
Mein Bett
Mein Zimmer
Mein Haus
Meine Eltern
und meine Schwester
und liege doch hier
einigermaßen allein
und es ist zu still

»Kirke?«, flüstere ich, »bist du da?
Ich wollte noch sagen …
Danke und so. Ohne dich …
Na ja, du weißt schon.«
Ich horche
und höre überhaupt nichts
Sie ist verschwunden
Ich weiß nicht, weiß nur immer mehr

Seit ich zu Hause bin
ist der Himmel
fast wie leer

WOGEN

Manchmal noch
wenn ich mal stillsitze
beginnen da drinnen
wieder die Wogen

So wie
ihr wisst schon
dieses Gefühl nach
einem Tag im Wellenbad
– du sitzt dösig im Bus
und dann spürst du die Wogen wieder,
dein ganzer Leib ein Auf und Ab –
so zieht jedes Abenteuer
einzeln an dir vorüber

Man sieht es mir nicht an
doch ich trage immer
ein Meer mit mir

UND MEINE FREUNDE?

Ich weiß:
Sie laufen immer mit
Schritt für Schritt
obwohl sonst niemand sie noch sieht
Und bleibt einer hintendran
rufe ich: »Los, jetzt komm schon, Mann!
Du glaubst doch nicht
ich würde dich vergessen?«

So laufe ich weiter
Schritt für Schritt
Allein, doch nie allein
Und niemand, der mich Niemand nennt
oder einen Knilch
Dysseus heiße ich
das ist mein Name
habt ihr das endlich gefressen?

Die Übersetzung des Buches wurde von
der Niederländischen Stiftung für Literatur
gefördert.

Nederlands letterenfonds
dutch foundation for literature

Simon van der Geest:
Dysseus
ISBN 978 3 522 18472 4

Aus dem Niederländischen von Rolf Erdorf
Einbandgestaltung und Innenillustrationen: Jan Jutte
Einbandtypographie: formlabor
Innentypographie: Bettina Wahl
Reproduktion: Digitalprint GmbH, Stuttgart
Druck und Bindung: Livonia Print, Riga

FSC www.fsc.org
MIX
Papier aus verantwortungsvollen Quellen
FSC® C002795